KB234790

하나님과
신나게
놀던 날은
얼마나
아름다운가

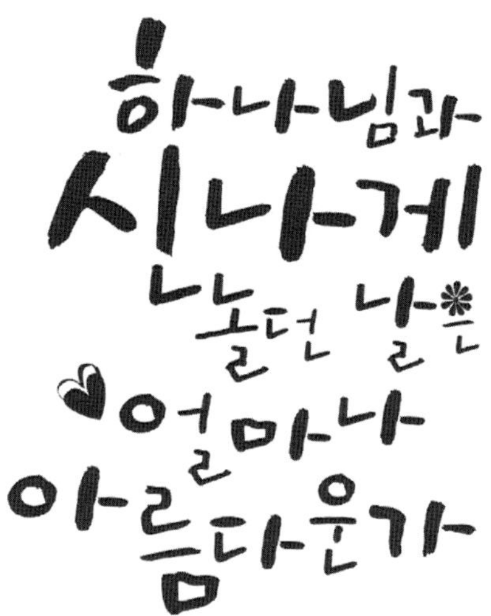

최성수 지음

머리말

　나는 서강대학교에서 철학을 전공했던 철학도로서 진리를 추구하다 하나님을 만났다. 어릴 때 습관적인 신앙에서 벗어나 인격적인 존재로서 하나님을 만난 것이다. 그때 그분은 절대적인 존재이고 진리였다. 졸업 후 독일에서 신학을 연구하며 신학석사와 신학박사 학위를 취득한 후, 호남신학대학교 신대원을 마치고 광주운암교회에서 목사 안수를 받았다. 구체적인 삶의 경험 속에서 만나는 하나님은 결코 추상화될 수 없는 분이었다. 그래서 하나님 자체에 대한 관심보다는 그분을 아는 방식에 관심을 기울였다. 하나님 경험을 기술할 뿐 하나님 경험을 추구하지는 않았다. 그것은 신학이 아니라 신앙의 문제라고 생각했다.

　그런데 일대 변화가 찾아왔다. 최근 몇 개월 동안 새벽 묵상 혹은 아침 산행을 하면서, 하나님을 초월자가 아니라 친구로 혹은 님으로 만나는 경험을 한 것이다. 게다가 순한 님으로 찾아오셨다. 그리고 단지 기술만 하는 것이 아니라 추구했다. 말씀을 묵상하고 관상으로 기도하며 혹은 내게 일어난 경험들을 성찰하면서 얻은 감동을 결코 개념으로 옮길 수 없었다. 그러고 싶지 않았다. 친밀한 경험은 물론이고, 하나님의 사랑이, 인간이 하나님을 사랑하는 것이 아가페만이 아니라 에로스적인 요소도 있음을 알게 되었다. 그것은 하나의 충격이고 또 놀람이었다. 존재를 기술하거나 설명 혹은 해석하는 것이 아니라 느끼는 순간이었다. 존재를 감각적으로 경험했다. 그래서 시를 쓰기 시작했고, 신학자인 나에게 시 쓰기는 신학함의 또 다른 방식일 수밖에 없었다.

이 시의 태동과 관련해서 돌이켜 볼 때, 2011년 겨울부터 2012년 봄까지, 약 3개월은 필자에게 있어서 매우 특별한 시기였다. 말씀을 묵상하며 또 기도하는 시간을 보내면서 얻은 주체할 수 없는 강렬한 경험은 하나님과 신나게 노는 시간들이었고, 그리움의 날들이었고 사랑을 교감하는 순간들이었다. 무엇보다 나의 어떠한 말과 행동에도 언제나 '순한 님'으로 오신 하나님을 만나면서 세상에서 가장 행복하고 평안한 찰나를 경험했다. 이 글은 뒤쪽의 몇 편을 제외하면 3개월 동안에 집중적으로 이뤄진 필자의 경험을 근간으로 쓴 글들을 모은 것이다. 강단 신학자로서, 영화평론가로서, 칼럼니스트로서 그리고 교사교육을 위한 강사로 전국으로 다니는 분주함 속에서 시적인 감흥을 얻거나, 감성을 살리는 일이 쉽지 않았지만, 매일 새벽 묵상시간을 통해 혹은 아침 산행에서 '순한 님'의 오심과 기다림, 그리고 부재의 아쉬움과 고통 등을 느끼며 하나님과 함께 어우러져 놀아본 경험들 때문에 가능했다.

시의 근간이 되는 것을 나는 에로스 영성이라 칭한다. "에로스 영성"이란 개념은 종래의 생각에 따르면, 하나님과 인간의 관계에 있어서 불가능한 표현이지만, 필자는 에로스가 본질적으로 소유를 지향하는 사랑이기 때문에 결코 새로운 것은 아니라고 본다. 하나님을 소유하고 또 하나님과 합일을 추구했던 전통적인 영성가들에게서도 볼 수 있는 것들이 간과되었을 뿐이다. 이 시집을 통해 필자는 "너는 내 것이다(사 43:1)"라고 선언하시는 하나님과의 관계에서 "에로스 영성"을 확신할 수 있었다. 이미 '영화를 통한 하나님 경험'의 가능성을 실험하고, 대중문화에서 '영성'을 읽을 수 있었던 경험을 근거로 볼 때, 앞으로

“에로스 영성”에 대한 조직신학자로서의 연구가 계속 이어질 것을 스스로 기대한다.

시 안에서 주님에 대한 호칭이 ‘너’ 혹은 ‘당신’으로 불리고 있고 또 그에 따라 술어도 바뀌곤 하는데, 이것은 하나님과의 친밀한 관계를 경험한 결과이다. 기존의 관습과 관행에서 많이 벗어나기 때문에 하나님을 언제나 존대어로 표현하는 데에 익숙한 독자의 혼란이 예상되지만, 친밀한 관계를 표현한 것으로 보고 시를 읽어나가면 큰 무리는 없을 것이라고 생각한다.

이 글은 시가 쓰인 날짜 순으로 정리되진 않았다. 그러나 가능한 한 시가 작성된 날짜 순으로 모으려고 했다. 그래서 부재의 경험과 임재의 경험이 혼재해 있다. 경우에 따라서 이것이 독자들에게 혼란스러울 수 있을 것이라고 생각한다. 그러나 신앙인으로서 하루가 한결같지 않음을 생각한다면, 부재와 임재의 경험이 마구 뒤섞이는 것은 오히려 신앙인의 실존과 현실을 잘 반영하고 있다고 생각한다. 하루에도 얼마나 많은 일에서 천국과 지옥을 오가는 경험을 하는가! 뿐만 아니라 주제별로 분류

하지도 않았는데, 그 이유는 묵상이 일정한 주제에 따라 일어난 것이 아니기 때문이다. 매순간이 예기치 못한 만남이었다. 독자들에겐 다소 낯설 수 있는 호칭과 또한 정리되지 않은 듯한 구성은 이런 까닭에서 비롯한다. 필자가 일상에서 만난 하나님 경험의 날 것을 크게 가공하지 않은 채로 그대로 전해지기를 기대한 것이다.

이 글이 나오기까지 도움을 주신 분이 많다. 일일이 거론하진 못하지만 모든 분께 진심으로 감사드린다.

특히 이 글의 가치를 인정해주어서 재정적인 지원을 해주신 남기홍 님과 초고를 읽고 많은 조언을 주신 여러 지인들, 그리고 출판을 결정해준 한국학술정보(주) 대표이사님께 감사드린다.

최성수 씀

이 글을 출판하면서

순한 님으로 나를 만나 주신 하나님께 영광을 돌리며
내게 오신 순한 님이 언제나 내 곁에 머물기를 바라며!

목차

목차

프롤로그

그간, 아니
천년 세월의 기다림 끝에
떨어지는 이슬을 머금고
잎 향기에 실려 온
너를 생각하며
쓸
이야기들인데
너는
알고 있을까?

어딘가에 숨어있을
너의 모습을 찾아봐

1
나의 순한 님

내가 어찌

내 마음을 알까요

나는 이미

나를 떠나

당신 안에

머물러 있는 것을.

그래서 지금 나는

더 이상

내가 아닙니다.

바라는 것은

당신에게서

평안을 얻어

안식하는 것입니다.

부디

어여쁘게 여기시어

당신의

그 따뜻한 품에서

뛰어 놀기도 하고
잠도 자며
당신 꿈으로
피어나게 하소서,

나의 순한 님이여!

2
하나님과 신나게 놀던 날은 얼마나 아름다운가!

새벽 미명에

나를 깨우는 꿈,

따라오라 손짓하며

앞서 걸으시는 하나님

뛰기도 하시고 걷기도 하시며

뒤처진 나를

물끄러미 바라보신다.

오늘도

맘껏 놀아보자고

유혹하신다.

얼마나 아름다운 날인가

하나님과 신나게 놀 수 있는 이 날이.

3
순한 님으로 오신 주님을 만나던 날

이른 새벽
너를 만나
"사랑한다."
고백하지 않으면
도저히
이 날을 시작할 수 없을 것 같아
가물거리는 기억을 더듬거리며
초에 불을 밝힌다.

언제였던가?
나의 동공을
활짝 열어젖히고
네 이름 석 자를
슬그머니
나의 뇌간에 새겨 넣은
너를
처음으로 보던 날,

비록 너의 기억 속엔 들어있지 않겠지만,

그때 난

두근거리는 심장소리가

새어나가지 않도록

뼈 속 깊이 화끈거리는 놀라움이

귀밑으로 빠져나가지 않도록

애를 써야 했지.

아!

지금 생각해도 가슴 벅찬 순간

내게는 그날이

귀빠진 날.

힘찬 울음과 함께

세상이 온통 새로워졌던 때.

도대체

어디에 있다가

지금에서야

모습을 드러내는 것이냐고

짜증 섞인 마음으로

투정이 일어날 때마다

괜히

하늘을 보고 웃었다.

4
주를 만난 감격

무엇인가를 적으려 해도

오늘은 안 됩니다.

어제의 감격이

겨울 따스한 햇살처럼

시나 소설에서 읽을 수 있었던

여인의 숨결처럼

그런 당신의 마음이

내 영혼을 더듬거리기 때문이지요.

단지 눈을 감고

깊은 들숨으로 받아들일 뿐

어떻게 감히

말로 할 수 있을까요.

내 안에서 솟는

이 부드러운 생명의 기운을.

아마도 한동안은

이 감격으로

충분할 것입니다.
사랑합니다.

5

아침 그리움

아침이다.

새록새록 피어나는 시간

당신을 생각해서

켜놓은 촛불이

바람도 없이

제 흥에 겨워

춤을 춘다.

어제 잠자리에 들면서

마음을 능두어 놓았어도

이미

여기저기서

재촉하는 것이

오늘도

예사롭지 않다.

당신과의 조우가

강다짐한다고 해서
될 일이 아닌 듯.
해서
당신으로 날고파
애써
시위잠으로 지샜더니
사람이 갑자기
작아졌다.

아직
얼마나 걸어야 할 지
알지 못하지만
당신의 사랑을 믿고
이 날도
심마니 마냥
그렇게
살아가련다.
그런데
당신은
어디에 계신가요?

내 곁에 서 있는 주님을 꿈꾸다

웃고 있다고 하지만
너는
늘
얼굴을 돌리고,

미소 띤 모습으로
곁에 있다고 하지만,
너무 멀리 있어
형체도 보이지 않네.

오늘
미소 담은
네 모습을
내 곁에서 볼 수 있을까?

주님과 함께 보낸 겨울 그리고 봄

잊고 있었는데
어느덧 3월이군요!
봄을 기다리며
추운 겨울을 살았는데
어쩌다보니
세월을 잊었네요.

당신을,
나의 순한 님을 만난 후로
겨울을 봄으로 느꼈죠.
겨울을 봄으로 살면서도
봄을 기다린 것은
아직도 봄이 아니었기 때문입니다.
세월을 손꼽아 헤아리며
하루하루를 견뎌온
내가
3월을 잊다니

참으로

난처한 일입니다.

그러나 어쩌겠어요.

당신의 입향기와

당신의 체취는

하도

새롯하기도 하고

푸릇하기도 해서

겨울을

봄으로 알았을 정도니

3월에겐 참으로 미안한 일이지만

어쩌겠어요

늦게나마 봄을 알아본 것만 해도

다행입니다.

3월엔

봄 같은 겨울을 안겨준

나의 순한 님을

더 자주 만나야겠어요.

8
기도

아시나요

언제나 보던

당신의 얼굴

새봄의 신선함으로 가득한

그 모습이

늘 그러려니 했는데

침묵 속으로 침잠하신 후로

난 도무지

내가 누구이며

또 어디에 있는지 조차

알 수 없게 되었습니다.

당신에게서 듣는

작은 소리라도

얼마나 귀하고

얼마나 의미 있는 것인지

이제서야

더욱 깊이 깨닫습니다.

당신의 부재만이 아니라
당신의 침묵이
얼마나 깊은 심연인지,
아마도 지옥은
당신의 음성과
울림이 없는 곳일 겁니다.

지금 난
오직 당신에게만
귀를 기울이며
숨을 멈추고 있습니다.
부디
남쪽에서 부는 바람에
당신의 입 향기를 담아
내 고막을 울려주세요.
분명 나를
새롭게 태어나게 할 것입니다.

9
비 내리는 날 커피를 마시며

비 오는 소리를 듣곤

커피를 내린다.

자신을 태우며 내뿜는 아로마 향은

내 영혼을 품고

하늘로 오른다.

목련을 깨울 이 비는

분명 당신의 은혜.

봄은

추위와 겨울의 시샘을

넉넉히 이겨낸 사람들이 누릴 특권이다.

봄이 흐르는 거리를 오가는 사람들

우산으로 옷을 갈아입고

색색으로 춤을 춘다

저기 저만치 보이는 당신이

순한 미소를 지을 때마다

빗방울이 내 온몸을 간지럽힌다.

내 인생에서 가장 축복의 순간이었던

지난날들을 생각하며 눈을 감고
커피 향과 비 내리는 소리에 맞춰
노래를 부른다.
사랑의 노래를
아, 나의 순한 님이여!

10
너를 생각하다

그림을 그리고 싶을 땐

너를 떠올려

하늘 어딘가 쯤에

떡하니 걸어놓으면

그대로 요술 캔버스

무엇을 그려 넣어도

누가 그린다 해도

멋진 그림이 된다.

해가 뜨면 풍경화가 되고

해가 지면 추상화가 된다.

노래를 부르고 싶을 땐

너를 떠올려

저기 저 소나무 숲 어딘가에

살며시 걸어두면

그대로 쥬크박스

어떤 노래라도

누가 부르든

모두가 듣고 싶은 음악이 된다.

널 생각하는 시간은

세상을 스케치하고

노래를 빚어내는 때이다.

11
하나님과 나 사이에 틀림없는 진실

가는 걸음이 가벼우면

오는 걸음은 무겁다

그곳에 당신이 계시면

나는 이곳에 있다

하늘이 멀어 보이면

분명 나는

땅에 사는 것이다

내가 달리면

당신은 서 있고

당신이 서두르면

나는 거반 미칠 지경이다

세상만사가 다 이렇다

당신이 기준이다

당신이 없는 곳엔

온통 혼돈뿐이다

당신이 존재해야 할 분명한 이유이며

이것은

틀림없는 진실이다

오늘 당신에게
나의 소식을 전하지 않는다면
당신의 생각에
열중하기 때문이다
세상을 바로 살기 위해

12
주님을 만나면 새로운 시작이 가능할까?

때로는

높은 곳에 올라

아래를 내려다보고 싶습니다.

내가 누구인지

어디에 사는지

무얼 하며 사는지

어디로 가는지

알 수 있을 것 같기 때문입니다.

그런데

오르고 또 힘차게 오르면

다시 오를 곳이 생기고

비록 힘들어도 또 걸음을 옮기면

올라야 할 곳이

또 다시 다가옵니다.

"킬리만자로의 표범은

무엇 때문에 그 높은 곳에서
마지막 숨을 거두어야 했을까요?"

지치지만 않는다면
언제라도 결코 포기하지 않고
오르고 또 오르겠지만
몸은 물론이고 마음마저 지치고
청춘의 꿈은 이미 시들해진 듯.
언제쯤이나 저 곳에 올라
나를 볼 수 있을까요?
아니면
오르지도 못한 채
하이에나를 만나는 건 아닐까요?

그곳에
당신의 거처가 있다기에
지금처럼 심약해진 영혼으로는
도무지
오를 수 없을 것 같은
산이라도
감히 용기를 내어
길을 나서지만
괜히 서글퍼집니다.

과연 난

저 높은 곳

당신의 품에 안겨

안식할 수 있을까요?

그리고

산을 내려오면

새로운 시작이 가능할까요?

13
새벽길을 나서며

하늘 저 만치

길게 꼬리를 흔들며

어둠이 간다.

붉은 빛 자태를 뽐내며

새날이 꾸물거리는

이 시간

노란 빛 가로등은

여전히

길목에서 서성거리고

난

당신을 기다린다.

부디

지나쳐 가지 않기를 바라며

온갖 모양과 색을

숨김없이 드러낸다.

부끄러움도 없고

두려움도 없다.

뭐라 탓하지 마라
난 단지
그분을 마주할 기쁨만으로
겨울 새벽길을 나선 것이다.

가로등이라도 길을 밝혀 주니
걸음걸음이
한결 가볍다.

14
하늘에서 봄이

해는 아직 눈을 뜨지 않은 듯

내가 걷는 길이 아직 어둡습니다.

숲을 어루며 날아가는 새들이

각양 지저귐으로 방향을 일러주고

작은 바람에도 쉽게 흔들리는 겨울나무는

돌아보지 말고 나아가라고 훈계합니다.

여기가 어딘지 알지 못하지만

당신이 저만큼 있기에

가는 걸음이 비록 지친다 해도

결코 헛되진 않습니다.

문득 위를 바라보니

당신의 이름 석 자가

구름 사이로 모습을 드러내는군요.

지금 이곳엔 하늘에서 봄이 내립니다.

아마도

나를 감찰하시는 당신이겠지요.

주를 기대하는 마음

아침은 올까요?
이 깊은 어둠을
걷고 또 걷긴 해도
새벽조차 멀어 보입니다.

휘황한 가로등이나
상품으로 가득한
편의점의 조명도
밝혀내지 못한 길이 있어
조심스레
실골목으로
발을 옮겼는데
미처 눈에 들어오지 않았던
돌부리에 걸려
무릎이 깨졌습니다.
피 흐르는 아픔을 느끼지만
다시금 용기 내어

길을 걷습니다.

보이지 않고

끝이 어딘지 모르는 길이기에

단지

당신의 약속과

당신의 존재만을 믿고

걷고 또 걸을 뿐입니다.

부디

그곳에 계셔주시면

그곳에 멈춰 서 계신다면

언젠가는

발길이 닿을 날이 있겠지요.

지금의 어둠이 다하면

아침은 반드시 올 것이기에.

16
다시 오신다는 주님을 기다리다

보고 싶다

보고 싶다

이른 새벽

당신을 더듬거리다

꿈에서

깨어났다.

천년의 그리움이

채 해갈되지도 않았는데

어느새 이곳.

그곳과 이곳의 거리는

당신과 나 사이

비록

하늘과 땅이지만

가깝기도 하고

멀기도 하다.

단지

마음에 달려 있을 뿐.
당신의 온 마음은
분명
내게
주어진 것 같은데
어찌된 일일까
한 부분이 잘려나간 듯
서럽고 아리다.
그래서 난
오늘도 이렇게
불면의 고통을 앓고 있는 것인지.

당신을 품고
잠에 들면
어떤 꿈이 찾아올까?
당신과 함께
아침을 맞으면
어떤 태양을 보게 될까?
오늘도
허망한 마음을
깊은 침잠과 함께
하늘로 날려 보내며
이렇듯 휘휘한

아침을 맞는다.

남의 속도 모르고
나신(裸身)을 뽐내는
저 태양이
괜히 밉다.

17
굵직한 봄

굵직한 소나무에서

봄을 본다.

겨울에서와 다를 바 없지만

앞서 피어나

엄마 품에 매달린

솔잎들의 푸릇함을 보니

벌써 봄이다.

네가

너의 사랑이 굵직하니

올 봄은

여느 때와 달리

더욱 의연하게 다가올 것이다.

18
새로운 아침을 기다리며

이렇게도 하루는 가는군요.
당신이 내 곁에 없으면
멈추어 버릴 것만 같았는데
시간은 어김없이
제 길을
부지런히 달려갑니다.

하면
당신과 함께 걷는 여생은 어떨까요?
당신을 읽으며 당신과 함께 있을 때
잠시 잠시 느껴본 것이지만
그 벅찬 기쁨은
감히 시간으로 헤아릴 수 없습니다.

아!
당신을 보내고
또 하루를 맞이하면서

마음은 이미 새벽어둠을 깨뜨리고
멀리 하늘을 향하나
닿을 길을 모르는 시선 탓에
눈물만 흐릅니다.

당신은
언제 또
내 곁으로
오시나요.
나의 순한 님이여!

## 19

주를 향한 고백

당신이 원하는 사랑이

어떤 건지 모르겠지만

내가 생각하는

사랑으로는...

난

이미

당신을 떠나지 못해요.

말했잖아요.

당신이 어떻게 하는가는

나에게

크게 중요하지 않다고.

조급해하지도 말고

불안해하지도 마세요.

그 씨앗은 잘 자라고

있을 테니까요.

내가 알고 있는

나는

그래왔고

또 그럴 것입니다.

한결같이 당신을

바라볼게요.

새벽에 길을 나서는 이유

잠에서 일어나
길을 나선다
새벽이 쌓아 놓은 벽이
하도 두꺼워
여명으로 가는 길이 힘겹다
차가운 새벽 입김으로
따뜻한 아침햇살을 그리지만
이내 지워진다
그래도
새벽 색이 짙어
아침의 선명함이 오히려 빛날거다

내가
새벽에 길을 나서는
유일한 이유는
새벽이 가면
언제나
당신이 오기 때문이다

21
아침 묵상 1

인간은 단자

인간은 소우주

인간은 서로 독립적이고

인간 안에 세계가 있다.

멀리 갈 일도 아니고

멀리 볼 일도 아니다

인간을 보자

인간 안에 모든 것이 있다.

하늘과 땅을 만드신 이는

하나님

하나님을 믿고

하나님을 생각한다는 것은

서로서로 독립해 있는

세계의 상호연관을

믿고 또 고백하는 일이다.

모든 인간은

하나님 안에서 비로소 관계를 맺는다.
그러기에
하나님 없는 관계는
공허할 뿐이다.
하나님 없는 사랑은
외로울 뿐이다.
하나님 없는 세계는
서로 무관하거나
서로를 배척하거나
서로를 파괴할 뿐이다.

## 22

당신이 없다

눈을 뜨니
당신이 그립다
하늘이 밝아지면
아마도
더욱 보고 싶을 것이다

하루가
이토록 긴데
내일은
얼마나 지루하며
그날까지는
어떤 빈한한 날들이 그려질까?

당신은 언제나
찰나로 오시기에
동공은
쉴 틈 없이 열려 있고

심장은
혈관 한 곳이 막힌 듯
폭발 직전이다
이러다
하루를 다 채우지도 못하고
영면하는 것은 아닌가?

애써 눈을 떴으나
당신이 없으니
차라리
눈을 감는 것이 나을 것이다
혹시
동면할 수는 없을까?
눈을 뜨는 것이 고통이다

23
모든 것이 그리움이다

눈을 뜨면
하늘 아래 모든 것들은
색색의 옷들을
주섬주섬
챙겨 입는다.

오늘도 나는
당신을 생각하며 일어나
비록 눈 덮여 보이진 않아도
다리품을 들여
내가 있을 곳
그곳으로 가탈걸음을 걷는다.
지척을 두고서도
한참이나 돌고는
마침내
당신 앞에 선
나를 본다.

아, 이대로
시간이 멈추었으면 좋겠다.
하늘 아래에서
가고 오는 것이
모두 그리움이니……

사람들이 왜
순간의 영원을 말하는지
행복의 절정을 놓지 않으려는지
순한 님을 만나고서야
알게 되었다.

24
너를 사랑한 이유

내가 너를 사랑한 이유

내가 너를 보기 때문이고

내가 너를 듣기 때문이고

내가 너를 만지기 때문이고

언제나

네가 거기에 머물러 있기 때문이고

네가 나를 사랑하기 때문이다.

내가 너를 사랑한 이유는

바로 너인데

네가 나를 사랑한 이유는

무엇일까?

나의 연약함을 느끼며 흘린

너의 피눈물이

그리고

너의 선택이

실수가 아니길 바라는 마음에

오늘도
그분께 무릎을 꿇고
내 작은 마음을
모두 드린다.

그것이
네게 전해지기를 바라며.

# 25
주님과의 만남을 기다리며

오늘인가, 그날이?
기다리고 또 기다리며
당신과 만나기를 기다렸는데
그날이 언제인지
참으로 어처구니없게
잊고 말았군요.

먼 기억을 더듬어
기어코 찾아낸
오늘,
바로 오늘인거죠?
당신이 내게 오시는 날,
그 날이?

어떻게 맞이해야 할까요?
무엇을 준비할까요?
당신을 고대하는 내 마음이

서둘러 달려가니
몸을 추스르기가 쉽지 않습니다.

언제
어떤 모습으로 오시나요.
내가
당신을 알아볼 수 있을까요?
기다리고 또 기다렸다고
사랑하고 또 그리워했다고
한눈에 알아볼 수 있을까요?

당신이 오실 때
혹시
눈이 멀어 있으면
귀가 닫혀져 있으면
딴 곳에 마음을 두고 있다면
깊은 잠에 빠져있다면
어떻게 할까요?
애써 오신 당신이
나를 지나쳐 버릴까
심히 염려가 됩니다.

그러니

행여 오시거든
내가 아닌 당신이
나를
찾아내셔야 할 것입니다.
그것만이
나의 유일한
오늘의 희망입니다.

26

이름 석 자

비온 뒤

겨울나무 사이로

푸르름이 더욱 선명하다.

투시경에 노출된 듯

겨울의 앙상함을

그대로 드러낸다.

당신 이름 석 자

가지 틈새를 비집고

기어이

널찍한 공간을 차지한다.

세상천지가

당신으로 가득하다.

## 27

순한 님을 추억하며

순한 님으로 오신 당신을
지난겨울에 만났고
벌써 입춘을 뒤로하고도
오늘은 뒤늦게
한겨울을 겪습니다.

오늘같이 추운 날
당신 곁에 있었다면 어땠을까요.
아마도
곱게 웃는 눈과
소리 없이 바라보는
당신의 입
그리고
동백꽃 진홍빛을 발하는
당신의 마음을
한 아름 선물로 받았겠지요.
물론

얼어버린 온몸을 녹여주는
당신의 따뜻한 손도 반가울 것입니다.
날씨 탓일까요?
오늘은 어제보다
더욱 그리워
눈 둘 곳을 잃었습니다.
마음은 이미 제 자리를 찾지 못한 채
그저 남쪽 하늘만 쳐다봅니다.
지나가는 구름을 까닭 없이 시샘하고
남으로 불어대는 찬바람을
속절없이 원망합니다.
앞으로 남은 기나긴 날들을
어찌 보내려는지
염려가 됩니다.

정말이지,
그 때 안겼던
당신의 품에서
이 추운 날을
이겨내고 싶습니다.

## 28

주님을 생각하며 쓰는 글

당신을 생각하며

일기로

쓴 글을

친구들은 시라고 합니다.

우습기도 하고

멋쩍기도 합니다.

일기가 시로 읽히는 건

당신이 아름답기 때문일 것입니다.

당신을 생각하고 쓰고 읽은 것이

모두가 당신의 편린들이니까요.

사람들은 알까요?

어떠한 사랑인지

어떠한 열정인지

어떠한 기쁨인지

도대체

당신은 누구인지!

생각하고 쓰고 또 읽어도

알듯 모를 듯 시간만 쌓입니다.

그립습니다.

오늘도

이 산을 오르며

내게

한걸음으로 다가올

당신을

맘 놓고 기다립니다.

29
기도에 아무런 응답이 없던 때

지나간 시간의 글들을

보게 되었습니다.

처음

그 깊은 속을 알 수 없었던

당신을

나 홀로 헤아리고

당신의 마음이 형태짓기만을

애타게 기다리며 남겼던 것이라

타는 가슴으로 얼룩진 자국이

여기저기 현저하고

연필을 힘껏 쥐었던 까닭에

깊이 눌린 글씨를

이곳저곳에서 읽을 수 있습니다.

그런데

어제 오늘 그리고 또...

그 길고도 긴 여운의 시간이

기어코 마음의 기억들을

불러들입니다.

내가 지금
살아있는 것일까요?
알지는 못하지만
당신을 향한 그리움은
내 생명이 여전하다는 기운이기에
오늘도 그렇게
여상한 하루를 기대하며
새벽을 밝힙니다.

전과는 달리
당신의 고백된 사랑과
나를 향한
당신의 그리움을 느끼니
견딜만합니다.
오늘 살아가기에 충분한 힘입니다.

30
네가 아프던 날
-십자가를 묵상하다

오늘 내가

촛불로 아침을 밝히는 이유는

어둡기 때문은 아니다.

기도할 때마다

어둠을 더듬거리던

청년의 기억들이

무장 환하게 다가와

차마

전등을 켜지 못했다.

이름 없는 일로

몸과 마음이 헤갈이 되어

동네 골목길을

내풀로 나들거리던

그때가 생각났다.

사라져버린 줄만 알았는데

하릴없이

찾아드는 통에
깜짝
놀랐다.

네가 아프단 전갈을 듣고
검붉게
타들어가는 마음을
올곧게 내려가는 심지 삼으며
가라앉히려 했건만
뜻하지 않게
너의 아픔을 내가 앓는다.

속이 쓰리다.

참고 참다
물 한 컵 들이켜고
여명의 하늘을 본다.

네가 아프니
어둠이
제 갈 길을 잃고
내 기억과
비열하게 야합한다.

네가 아프니
나는 무덤 속이다.

31
그대 생각하면

생각만하면

미소가 터진다.

그리워지면

하늘을 본다.

보고 싶으면

가슴이 온 세상을 뛰논다.

만나기만 하면

그냥 좋다.

대체

누구냐 넌?

이래도 되는 건지

이리 좋아도 되는 건지

이렇게 가슴 벅찬 날들을 보내도 되는 것인지

하늘 높이 계신이여!

32
하나님은 네 안에

아하!

하나님은 네 안에 계셨구나!

대명천지를 세우셨으면서도

정작 스스로는

특별한 방식으로

은밀한 곳에 머무시는 분

그 분이 네 안에,

바로 네 안에서 거친 숨을 쉬고 계셨다.

너를 만나

평안함을 느끼고

너를 보며

천국의 기쁨을 보고

너를 안으며

세상의 비밀을 알아낸 것 같았는데,

그것은 바로

하나님이!

그분이 네 안에 계셨기 때문이다.

너를 만남이 행복하다
너로 인한 그리움통(痛)이
오히려 반갑다.
나로 인한 십자가가
부디
너를 찌르지만 않기를 바랄 뿐이다.

33
세상에서 가장 큰 그림을 그리다

하늘만큼 넓은

캔버스가 있을까?

그곳을 가득 채운

그림이 있을까?

그런데

오늘 아침 하늘엔

그대 이름 석 자로

그려진 그림이

하늘을 덮었네.

아마도

세상에서 가장 큰 그림일 것이다.

## 34

주님의 부재

눈을 떠보니
네가 없다.
네가 없으니
눈을 감고 있는 것이
차라리 낫다.
눈을 떠
네 옆에서
나를 볼 수 있는 시간은
언제쯤이나 올까.

하니
네가 말한다.

마음속 눈을 떠 보세요.
곁에 미소를 띠고 있겠죠.
하늘에 그려놓았던 그림을 생각해 보세요.
그곳에 웃는 모습으로

보고 있겠죠.

멀리서 바라보는 별이

아름답지 않을까요?

35
주님을 사랑하며 마음을 놓고 즐거워하다

먼 길을 여행하는 것이

비록

할 일을 위해 나서는 것이라도

그렇게 한걸음으로 달려갈 수 있었고

하늘 아래 모든 일들을

마음을 놓고

즐거워했던 까닭은

당신이 나를 보고

내가 당신을 볼 수 있었기 때문이지.

당신을 사랑함이

숨이 찰 정도로 벅차다.

당신의 사랑으로

난

어느새

내가 되었다.

이렇게 행복하니

사람들아

부디

시샘하지 않았으면 좋겠다.

촛불이 가물거릴 때쯤엔

나의 사랑이

가장 편한 마음으로

당신에게 속삭일게다.

사

랑

해

!

## 36

새벽시간에 누리는 안식

내 삶에 이미 들어와 계신

당신,

그토록 오랫동안

찾고 또 찾으며

때로는 안타까워하고

때로는 불안해하고

때로는 슬퍼하고

또 때로는 절망했지만

당신은

이미 내 안에 계셨습니다.

갑자기 찾아오신 것이 아니니

놀랄 일은 아니지요.

당신이 보내준 사람을 통해

비로소 난

당신이

내 곁에서 멀지 않았음을 알았습니다.

시편의 기자가 왜

새벽마다

자신의 영혼을 깨웠는지

현란한 현실 앞에서 왜

눈을 돌려 산을 보았는지

알았습니다.

나 혼자로는 버거운 일이라

당신은

나의 순한 님으로 오셔서

나로 눈을 열고

내 영혼을 깨우신 것이지요.

새벽시간

당신의 임재 속에 머물고 있는

난

벌써

오늘 하루의 안식을

성급하게 누립니다.

37
기다림

얼마나 잤을까?
사실 그것이 중요하진 않겠지만
너를 꿈속에 두고 온 것이 맘에 걸린다.
떠날 땐 언제나
내 손을 꾹꾹 눌러 잡아 주던
너의 두 눈이
기억에 밟힌다.

헤어지기 전
갑자기
차갑게 식어버린
내 얼굴을 감싸던
너의 따뜻한 두 손이
내 영혼을 파고든다.

얼마나 잤을까
너를 홀로 두고 온 것이

안타까워
다시 눈을 감는다.

깨끗한 모습으로
나를 반겨주고
"안녕!"을 흐느끼는
내 등을
"사랑한다" 는 말로 도닥거리는
너의 마음
잠 못 이루는 겨울밤을 밝힌다.
꿈이 아니길 바라며
네 이름 석 자를
추운 밤하늘에 그려놓고
괜히 웃는다.

아, 따뜻하다.
밝은 날
웃으며 다가올
너를 기다리는 시간이
오히려 즐겁다.

38
산행

가지 끝에 걸린

당신

햇빛 받아 반짝이고

이따금 부는 바람에

수줍어 않고

춤을 춘다.

손 내밀어 잡으려는

내게

푸른빛 웃음으로

맑게 웃는다.

멀지않다

당신은

어디에서니

내 마음속이다.

기쁘게 부르는

당신의 노래에

귀 기울이며

오늘도

이 험한 산을 넘는다.

오늘도

## 39

부재의 시간 1

무의미한 시간들이

무리를 지어 춤을 춘다.

너를 사랑하니

이렇게

세월만 흐른다.

너를 그리워하는 시간들이

내게

나신(裸身)으로 달려든다.

참을 수 없는 유혹에

그만 널

안아버렸다.

어느새

억민 겹의 히루하루가

빠르게 흐른다.

너를 보고파서

날아가는 새에게

내 원통함을 쏘아댄다.

무의미한 시간들이

무리를 지어

춤을 춘다.

걷잡을 수 없는

텅 빈 마음이

오늘 내 하루를

가득 채운다.

40
그리움

첩첩산중으로 달립니다.

구석구석 묻어 있는

당신의 사랑이

등마루에 올라

내게 손짓하는군요.

푸른 하늘 아래

어디서든

볼 수 있다고

잡을 수 있다고

느낄 수 있다고

맘만 먹으면....

당신에게 가는 시간은

그렇게 빨랐는데

당신에게서 멀어져 갈 땐

왜 이리 더디 가는지.

당신은 아시나요?

벌써부터 그립다면
그 긴 세월은
얼마나 멀까요.

당신이 챙겨준
한 모금 마시는 물이
눈물이 되어 흐릅니다.
그립습니다.

41
사랑하니까 천국이다

몸을 일으켜 세우지만

눈이 무겁다

세상을 환히 볼 정도는 못되고

그저 당신을 떠올린다.

내 얼굴을 훔쳐가려던

두 눈에선

여름날의 강렬한

잎 향기를 느끼고

잘 가라며 잡아준 손에선

심장 소리를 들었다.

몇 번이고 말하지만

당신을 사랑하니

당신이 날 사랑하니

모든 곳이 천국이다.

오늘이란

당신을 생각하는 날

내일이란

당신을 만나는 날

과거란

당신과 함께 머물렀던 날.

주님은 내게 이런 의미

일어나 생각해보니
나의 그리움을 달래줄 이는
오직 당신 뿐
어둠이 깊은 시간
빛으로 다가가
당신에게 기도하고
또 당신을 읽는다.

투명한 것은 보이지 않고
다른 것을 보게 할 뿐,
새삼 당신의 존재 이유를
깨닫는다.
당신을 보면
산이 보이고
물이 보이고
하늘과 땅이 보인다.
아, 그런데 왜 내겐

가끔씩

당신이 없는 걸까?

지금처럼 간절할 땐

차라리

아무것도 느끼지 못하는

돌멩이가 되고 싶다.

당신이 있으므로

난

보고

듣고

느끼며

생각하고

글을 짓는다.

내게 그런 의미다

당신은.

## 43

내가 글을 쓰는 의미

내가

글을 쓴다는 것,

때로는

그리움을 옮겨놓는 것입니다.

잠재울 수 없는 것이기에

떨쳐버릴 수 없는 것이기에

생각과 마음을 모아

내가

볼 수 있도록

당신을 그립니다.

하나님은 세상을

그리워하셨던 것일까?

내 마음의 화폭에

당신으로 채워 넣긴 했지만

어떻게 생명을 불어넣을지

난 알지 못합니다.

스스로 깨어나시어

오늘도

내가 살아있음을

반응하게 하소서.

새벽의 묵상

갑작스런 움직임에

스스로 놀라

눈을 떠보니

한동안 아팠던 사람처럼

몸이 무거워

일어나질 못하겠습니다.

그런데

당신을 떠올리니

힘이 납니다.

육신이 말씀이 되어

내 맘 곁으로

불현듯 나타날

당신을 기다리며

앉아서

책을 펼치고

당신을 읽습니다.

비록

글이라도

당신과 만나고

당신과 머무는

시간과 공간이지만

지금

이곳은

나의 가장 안락한 곳입니다.

45
기도가 막혔을 때 1

하늘이 어둡다
언제쯤 이곳에서
당신을 비춰주는
선명한 빛을 볼 수 있을까
당신을
이곳에서
간질이고 싶다.

아, 내일이 멀다.

46
기도가 막혔을 때 2

기뻐해야 마땅한

날이지만

오갈 수 있는 길이 막혀

내게로 오고

당신에게 가는

길이 없다면

그래서

내 곁에서

당신을 볼 수 없다면

어찌

즐거울까요

의미 없는 하루일뿐입니다

조급해지는 마음

어를 줄 몰라

이 밤의 빈자리를

당신 생각으로

당신 이름 석 자로

가득 채워 넣고
목 놓아 웁니다.
아, 그리움은
이토록
아픈 것인가요?

사진을 보면서

늦은 시간에

눈을 뜨니

아, 그대가 없구나.

남쪽 하늘

산수유 가지 사이

숨을 곳도 없건만

어디에 있는 걸까?

그대는

하늘 저 멀리

날아간 걸까?

저리도 맑은

하늘에

그대는 무엇을 그려놓은 것일까?

저 높은 하늘을 보며

무슨 생각을 한 것일까?

누구를 기억한 것일까?

사랑의 힘

누군가 보지 못하는 것을 본다면
그것은 사랑하기 때문이지요.
누군가 생각하지 못하는 것을 꿈꾼다면
그것은 사랑하기 때문입니다.
누군가 말할 수 없는 것을 표현한다면
그것 역시 사랑하기 때문입니다.

사랑은 존재하지 않는 것을 존재하게 합니다.
눈을 떠
나와 세상의 많은 것들을 보면서
오늘 난
당신에게서 사랑을 봅니다.

49
주 앞에서는 모든 것이 살아있다

널 생각할 때는

거리에 널려진 것들이

모두 살아있다.

걸음을 옮길 때마다

미소를 짓는다.

웃기도 하고

뭔가를 주절거린다.

가만히 들여다보려고 하면

수줍어 얼굴을 붉힌다.

때로는,

그러니까

널 생각하지 않는 날에는

슬퍼하기도 한다.

걸을 때마다

느끼는 것이지만,

어디를 가든지

마치

네 앞에 와 있는 듯하다.

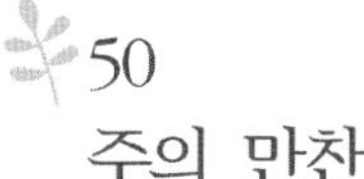

50
주의 만찬

지금은 고인이신 아버지께선

먼 길을 가실 때마다

언제나 엄마의 음식을 챙겨 드셨어요.

평소엔 늘 밖에서 드신 분이라

궁금했지요.

이른 새벽이라

엄마의 불평도 있었지만

그것이 불평만은 아님을 알았어요.

어린 나이였지만.

이삭이 인생의 마지막 길

그 먼 길을 떠나기 전에

왜 그토록 음식에 집착했는지

아버지를 통해서 어렴풋이 이해했어요.

그런데 지금

왜 이렇게

당신의 음식이
내 혀를 자극할까요.
실제로는 한번도
나의 미각에 닿아본 적이 없었지만
마치 오랫동안 길들여져 온 것처럼
그렇게
그 맛을 추억합니다.

음식의 맛과
사랑하는 이의 얼굴,
그리 멀지 않습니다.

오늘 난
이곳에서 허기를 느낍니다.
당신이 그립습니다.
주여, 어서 오시옵소서.

51
주님을 생각하면 언제나 봄이다

이 추운 계절

한 귀퉁이에서

숨을 죽이며

봄 향기를 맡았습니다.

아직은

금지된 몸짓이지만

나의 근원을 흔드는

강렬한 춤사위에

그만

내 몸을 맡기지 않을 수 없었고

마침내

깊은 호흡으로

하나가 되었습니다.

어디에 있든

또 언제가 됐든

모든 것이

내겐

봄입니다.

당신의 입 향기로
오늘
내 영혼이 소성합니다.

## 52

주님과의 만남을 기다리며

오늘

내가 당신을

만나나요?

성질 급한

그리움과 설렘이

내 마음과 생각들을

곤한 잠에서

일으킵니다.

아, 이렇게

좋은 것을

세상의

모든 것들이

당신의 그림입니다.

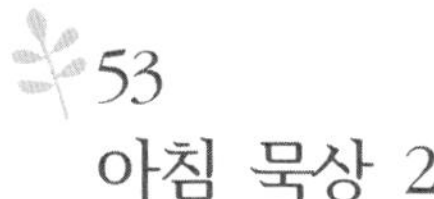

53
아침 묵상 2

구름 사이로

모습을 드러내는

아침 해

아하, 이제야 알겠어요.

당신이 왜

이제야

모습을 나타냈는지

내 앞에.

당신은

한결같이

그곳에 있었지만

흐르는 구름 같은

내 눈에는

보이지 않았던 겁니다.

이제야 알겠어요.

마음을 모으고

눈을 들어보면

당신이 보인다는 것을

비록 멀리 있어도

이곳에서

난

당신을 봅니다.

# 54
당신의 사랑으로 구원을 받는다

달이 밝은 날이면

나의 마음을

상쾌하게 깨우고

설령 무거운

눈꺼풀에 못 이겨

꿈 저편으로 날아가도

펜이

제멋대로

춤을 출 때마다

그려지는 것은

언제나

당신 이야기.

나를

더 기쁘고

이렇게 가슴 뛰게

만든 사람이

언제 있었을까?

세상은 비록
요동하여
뿌리 내릴 곳을
찾지 못해도
내 가슴 속
깊은 곳에
심어진
당신의 사랑으로
난 구원을 받습니다.

당신을 생각하다보면
모든 것이
천국입니다

55
주님

나는

당신을

해석하지 않고

분석하지 않으며

종합하려고 하지 않습니다.

당신은 스스로

당신을 나타내시기에

나는

기다리고 또 기다리며

희망을 놓지 않을 뿐입니다.

언젠가는

내 앞에서

당신을 보게 되는 날이

있겠지요.

그 때

나는 내 안에서

당신을 발견하고

기뻐할 것이며
당신 안에서
안식하며
지난 세월을 잊을 것입니다.
그때가 되면
당신은
영원한 나의 현재입니다.

더 이상의 기다림도 없는….

56
산행

산에 계신다 해서

산엘 오릅니다.

새가 우는 -아니, 웃는-

소리에

눈을 들어

가지 끝을 봅니다.

둥지 위를 맴돌다

시선을 느꼈는지

이내

자리를 옮깁니다.

날아가는 뒷모습을

한참 쳐다보니

나뭇가지 사이로

이름 석 자가

마음을 비집고 옵니다.

그대 이름 석 자

감히

소리 내어
불러보지 못하지만,
당신은 아실 겁니다.
내가 얼마나
그 이름으로
나의 옛 친구 삼고 싶은지.
그립습니다.

언제나
내 곁에 선
당신을 느낄 수 있을까요.

57
주를 만나고

감격이란 것이

이런 마음일까

당신의 동공에서

나를 보고

내 마음은

당신을 겉옷 삼아

이 추위를

넉넉히 이겨냅니다.

당신에게

오가는 길은

비록

천국과 지옥 같아도

이제

새 힘을 얻어가니

살만 할 겁니다.

부재의 시간 2

아, 이런 일도 있네
이 나이에도
이런 일을 경험하네
당신에게서
소리 한 점 없었던
하늘
그 아래에서
산다는 것이
어떻게 힘겨운 것인지
아, 앞으로 남은
억겁의 세월을
어떻게
보내야 할까요?

고독이 아니라
죽음을 살고 나온 듯
합니다.

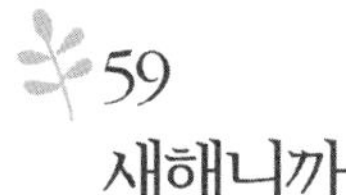

새해니까

어제나 오늘이나

똑같은 마음

그래도

오늘은

새 마음을 다져본다.

새해니까.

인간 그리고 나

나는
하늘과 땅 사이에 있다.
그렇다고
공중에 떠 있지는 않고
땅에서
걷기도 하고
뛰기도 하며
머물기도 한다.
때로는
편하게 기대어
눕기도 한다.
내 시의 숨소리에
귀를 기울이면
심장 소리를 듣곤 한다.

하늘과 땅 사이에
당신도

딛고 서 있기에

이곳이 참

좋다.

61
하나님

이른 아침에

깨어나는

이토록 애절한

그리움을

도대체

어떻게

전할 수 있을까요

당신을 대면하지 않고는

현란하게

피어오르는

열꽃에

눈이 멀어버립니다.

시금 나의 그리움은

오직 당신을 보아야만 합니다.

62
해돋이

맑은 아침을

깊이

호흡하고

세상을 보니

온통

당신뿐이다.

오늘 하루도

이처럼

환하려나.

눈이 부시다.

63
당신은 언제나 그대로 계셨다

돌아서 보니

멀리도 왔다.

언제 이렇게

많이 걸었는지

기억조차 없지만

더 이상

당신이 보이지 않는다.

언제나

내 곁에서 떠나지 않던

당신이

눈앞에서 사라졌다는 사실

……

내가

너무 멀리 왔구나.

돌아서 보니

온통 후회와 아쉬움뿐

그러나

눈을 돌려 앞을 보니

당신은 멀리 계시지 않았고

언제나 그대로 계셨다.

64
겨울비

더운 날에 내리는 비는
그늘을 얻지 못한 사람들에게
시원한 위로가 되는데
이 추운 겨울에 내리는 비는
누구를 위해 무엇이 될까?

## 65

송년

오히려

해로부터

점점

멀어져 가는 것은 아닐까?

우리가 말이다.

결코

풍요롭지도 않고

따뜻하지도 않은

오히려

점점 더

추워지고 어두워져만 가는

이때에 우리가

우리의 존재가 의미 있기 위해선

다가가야 하지 않을까?

빛이신 그분에게 말이다.

66
떨어지는 머리카락은 세월의 무게에 눌린 것인가!

세상에서 가장 가벼운 몸짓으로
현란한 춤을 추듯 다가오더니
어느새 툭!
겹겹이 쌓인 눈
가지를 부러뜨리고
눈 덮인 땅으로 떨어진다.

앉아있는 책상 앞으로
살포시 떨어지는 한 올의 몸짓
세월의 무게인가
해마다 그렇게
소리 없이 다가오더니
어느새 툭!
내 눈앞에서
하얀 눈이 되어 쌓인다.

67
하나님과 나

여전히

당신생각

많은 시간이 지나

먼 길을 달려왔음에도

당신 생각으로부터

멀어질 수 없다.

여전히

당신 주변

많은 노력 끝에

다다른 곳에서

한참이나

주위를 둘러보았는데

당신 주변에서

나를 발견한다.

괜한 짓이다

당분간이라도
당신으로부터
멀어지려고 하는 생각들
그리고
노력들

당신 곁에 피어난
사철의 꽃들이
그 잎 향기가 늘
나를
유혹한다.
당신이 꽃이면
나는 나비라도 되는 것인가?

68
봄을 기다리며

푸릇 아지랑이

피어오르는 봄날이

채 이르기도 전

너의 잎 향기는

여전히 깊은 곳에서

꿈틀거리고 있다.

아직 한 철을 더 기다려야만

성숙할

너의 모습으로부터

많은 이들은

깨끗하고

싱그러운

내음에 취하게 될 것이다.

푸릇 아지랑이

피어오를 때

나는
너를 생각하게 될 터인데
나는
벌써부터
깊은 숨을 들이마신다..

푸릇 아지랑이
피어오르는 날
숨 내놓을 자리
다듬어놓고
지금
너를 기다린다.

69
그리움 1

글 하나 마무리하고
하늘을 본다.
병아리 물 한 모금 마시고
하늘 처다보듯.

가을 푸르른 하늘에
새로운 것이 있을 리 없고
내가 그린 그림은 이미
간밤의 거센 비로
다 씻겨 버렸지만
하늘 캔버스는
여전히
서있어
너를 그릴 날만
손꼽아 기다리고 있다.

나를 보면서

빨리 그리라고 재촉한다.

그런데

오늘은 안 되겠다.

입 향기를 전해주는

소리 한번 제대로

못 들었기에.

얼굴 밑그림을 그릴 수 없기에.

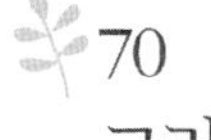
70
그리움 2

푸른 하늘에

걸려있는

저 해가

오늘은

넘어가지 않았으면……

저해가 넘어가면

또 몇 년을

기다려야 하는지

숨넘어갈 듯한

시간 시간들을

어떻게

감당해낼 수 있을까.

마지막 잎새를 그려준

그 고마운 분에게

마음 고통이나 알려볼까

소녀의 마지막 생명의 빛을
꺼트리지 않고 밝혀준 그 정성으로
오늘의 숨을
내일까지 지켜달라고
빌어나 볼까
저해가 넘어가면
몇 백 년의 세월을
또 어떻게
감당해낼 수 있을까.

아침마다
창을 밝히는 태양보다도
지친 나의 삶을 더욱
흥분케 한 당신의 입 향기
오직 그것 하나
낙으로 삼고 살아가는 사람에게
몇 천 년 기다림의 세월은
계속 이어질 수 있을까?

아무래도 너의 마음을
녹음이라도 해서
고막에 새겨 넣어야 할 것 같다.

71
어린 봄이 만개하길 기다리며

가만가만

걸어

아직도 곤히 자는

봄을 깨우지 않게

심술쟁이

겨울이 알면

봄을 놀래킬거야

일어나 기지개켜는 모습이

상상만 해도 이뻐

귀엽고 사랑스러워

아마

잎이 나고

꽃으로 만개하면

네가 되겠지

이번엔 부디

내 곁에서

발견되길

조심조심 걸어

봄을 밟지 않도록

아직 어린 봄이

놀라지 않도록

가만가만 다가와

알았지?

## 72

새벽기도

주님

그 흔한 메시지로

당신에게 전할 일이 한 둘인가요

그간 살아온

지난 세월만큼 많을 텐데

어찌 다 적어낼 수 있겠어요

허니, 당신을 만나고야 할 수 있는 말들이 아닐까요

헌데, 잠시 틈을 놓는 동안

그만 그 모든 것들이

새벽 어둠으로 쏟아졌군요

하도 짙은 색이라

별빛도 삼켜버리고

거리의 네온사인도 무색케 했네요

내 가슴 속 깊이 숨겨있던 말들이

어느새

이렇게 많이 또 크게 부풀었는지

난 모르겠지만

아마도 당신은 알겠지요

이런저런 생각에 마음은 복잡해도

눈 감고

가만히 떠오르는 것들에 몸을 맡기다보면

어느새 난

신실하신 당신 안에서

안식하는 자로 발견될 것입니다.

73 봄

성큼성큼
겁도 없이 다가오더니
기어코
뒤돌아 가는 겨울의 꼬리를 밟고 말았다.
바람이 살포시 내리는 것 같더니
이내 찬바람이 되고
피부 속 깊이 스며드는
꽃샘추위로 변신했다.
더 가까이 오면
폭풍이 불까
시베리아 바람을 몰고 올까
온 세상을 꽁꽁 얼려버릴까?

그래도 난
겁도 없이 다가서는 네가
지척에 있는 게 좋다.
아무리 추워도

아무리 힘들어도
그게 좋다,
그것이 우주의 이치니까.

부디
내 곁을 떠나지 말아다오.

# 74
부재의 시간 3

집안에 들어서니 허전합니다.

당신은 내 집 어느 곳에 있을까요

찾으면 찾아질까요

공연히 애만 쓰는 것은 아닐까요

아니면

머무실 곳이 없어서 떠나신 것일까요

아. 보고 싶고 또 그립습니다.

사실,

당신이 없었던 날들이

어디 하루 이틀이었던가요

그런데

유독 오늘은 왜 이리

하루 종일 서러운 시간일까요

당신은 아시나요, 그 까닭을?

당신이 이곳에 있을 것이라는 착각에

공연히

허전함만 커졌습니다.

텅 빈 내 마음을
아쉬움으로만 가득 채웠습니다.

75
기다리는 시간

오랜 시간 일에 시달리다
쫓기듯이 떠밀리듯이
서둘러 달려온 사람들
브랜드 카페, 그 어느 빈자리에 앉아
하루의 피로를 여과지로 걸러낸다.
온 몸을 마사지하듯
부드럽게 터치하는 커피 향을 따라
이리저리 어지럽게 오가는
많은 시선들에 몸을 맡긴다
사방에서 터지는 대화의 폭음에도
전혀 아랑곳 하지 않고
그저 스스로를 느끼고만 싶은 듯,
음악에 맞춰 춤추는 찻잔에 영혼을 기울이다보면
어느새
상냥하게 다가오는 쉼의 유혹에 손을 내민다.

이곳에서 난 이렇게
너를 기다리고 있었다.

## 76

봄기운에 가려진 주님

눈을 들어 멀리 보니

하늘과 땅이 맞닿은 곳에

당신이 있습니다.

해와 구름은 힘겨루기하다 지쳤는지

당신 앞에서 서로서로 엉겨 붙어

멋진 그림이 되었습니다.

구름에 안겨 있을 때는

꿈의 향연을 베푸는 것 같고

해가 모습을 드러낼 땐

포도주에 취해 지중해를 항해하는 듯합니다.

얼마나 근사하고

어떻게 숭엄했는지

큰 구성거리라도 생긴 양,

키 작은 산들은 발꿈치를 들고 바라보고

내 앞에서 서성거리던 나무들은

이제 막 태어난 제 자식들에게 보여주려는 듯

푸릇한 가지를 더욱 높이 치켜세웁니다.

하니, 나의 시야가 가려져

당신이 보이질 않습니다.

비록 보이진 않아도

그래도 기쁜 것은

당신은 여전히 그곳에 계시고

내게는

길을 나서는 분명한 까닭이 있기 때문입니다.

## 77

사람의 모습으로 오시는 주님

주님,

내 곁에 있어

나를 사랑하고

날 힘 있게 하는 사람이

당신일까요?

이해할 수도 전혀 예상할 수도 없었던

놀랍고도 또 놀라운 일들이

내게 일어나는 까닭은

그 사람이

당신이었기 때문이었을까요?

당신은 이렇게 내게 오신 것일까요?

위로가 필요해서

절망에서 일어나야 하겠기에

아직 해야 할 일을 깨닫게 하시기 위해

당신을 위해 시를 써야 하겠기에

이런 모습으로 오신 것일까요?

이렇게 문득?

참으로 감당키 어려운 일이나

만일 그렇담

당신의 뜻만이 이루어지게 하소서.

함께 있음으로

결코 슬프지 않게 하시고

고통으로 끝나지 않게 하시며

나를 통해 당신이,

그 사람이 행복하게 하소서.

주변을 돌아보아

내 주위에 있는 모두가

당신임을 깨닫게 하시고

눈을 열어 당신을 볼 수 있게 하소서.

## 78

진리

간밤에 굉음이 울리더니
너에게로 가는 길이
굳게 닫혀버렸다
뚫고 지나가기엔 너무 두껍다
그대로 돌진하다간
머리가 깨질 것이다
돌아갈 수도 없다
돌아섰다간
펄펄 끓는 절망감과
폭발하는 그리움에
심장이 터질 것이다
하늘로 가는 길만 열렸는데
날아산 날개가 없다
그렇다고
이대로 주저앉을 수는 없다
분명 사지가 굳어버릴 것이다
오도 가도 못하게 되었는데

대체 어쩌란 말인가?

그래도 가야 한다
그곳에 내 생명과 구원이
내 희망이
내 사랑이 있기 때문이다
머리가 깨지고
심장이 터질지라도
허우적거리다 천길 나락으로 떨어진다 해도
모든 것이 무의미하게 끝난다 할지라도
반드시 가야 한다.

지금 나는
네게로 가는 걸음을
결코 멈출 수가 없다.

십자가

그랬구나

그랬구나

그것이 그렇게 되었구나.

그런데도

넌 그렇게 소리 없이

고통을 감내하고 있고

난 이렇게 속수무책으로 바라만 보고 있구나

애써 너의 고통을

내 안으로 끌어당겨보지만

너무 허무하다

살갗에도 닿질 않으니

도무지 느낌이 없다.

연약한 몸으로

피와 땀을 쏟아 낼

너를 생각하니

무감각한 나를

저주하지 않을 수 없다.

너의 고통을 나누지 못한다면
차라리 내가 죽어야 하리라
내가 죽어야 하리라.

## 80

십자가 앞에서 나를 묻다

너의 아픔이

너의 고통이

온 세상 가득하다

산속의 봄기운도 숨을 죽이고

땅 속의 생명들도 차마 얼굴을 들지 못한다

그런데도 난

도무지

보도 듣도 느끼지도 못한다

이럴 수가 있을까

이런 일도 있는가

멀리 있어도

기쁠 땐 언제나

널 감각할 수 있었는데

지금 네게서

터져 나오고 있을 신음소리가

소음에 묻혀 내 고막에 닿질 않는다

너의 웃음은 들어도

내 탓에 온몸으로 겪는
너의 고통을 느끼지 못하는
대체 나는 누구인가?
원망스럽고 또 원망스럽다

81
아, 내 안에 당신이 없던 날

집안에 들어서니 허전합니다.

당신은 내 집 어느 곳에 있을까요

찾으면 찾아질까요

아니면 공연히 애만 쓰는 건 아닐까요

아. 보고 싶고 또 그립습니다.

이 땅에서 죄인으로 살면서

당신 없는 날들이

하루 이틀이었던가요.

그런데 오늘은 왜 이리

하루 종일 서러운 시간일까요

당신은 알까요 그 까닭을?

그래도 오늘은

당신이 이곳에 있을 것이라는 착각에

공연히

허전함만 커졌습니다.

텅 빈 집안을

눈물로 가득 채웠습니다.

# 82
이 새벽에 성령을 구하다

밤새 뒤척이다

이른 새벽에 몸을 세웠다

그렇다고 정신이 깨어난 것은 아니다

생각건대

여전히 백척간두에 매달린 채

악몽 속에 헤매고 있었던 것 같다.

바라보기가 하도 애처로워

갖은 애를 써서 내려놓고 몸을 입혔다.

눈에 뵈는 것이 생기니

갑자기 술이 땡긴다.

취기에 하늘을 보면

어둠이 짙게 내린 새벽이라도

천상병이 보았던

그 맑고 맑은 가을 하늘 위

그 한층 더 위를 흐르는 구름을 볼 수 있을까?

곧 아침인데

갑자기 술이 땡긴다.

악몽이 무서워 다시 잠들 수 없다면

차라리 취해야 하지 않을까?

83
사람이 십자가다

두 사람이

서로 등을 대고

하나는

두 팔을 위로 뻗고

다른 하나는

옆으로 뻗는다.

고개를 숙이다

힘없이 떨구고

조용히 흐르는

깨끗한 붉은 빛

방울방울들에

귀를 기울인다.

인간 십자가,

그래

십자가는 지는 것이 아니라

사람이 십자가다.

갑자기 세상 모든 일들이
내 두 어깨를 무겁게 누른다.
내가 십자가다.

84
당신 있는 곳은 어떨까

이곳은 광주

무등산 귀퉁이

공기가 맑고

비교적 조용하다

無等한 산세만큼이나

사람 사는 모습에

변화도 굴곡도

없는 듯하다.

아파트 촌

한 구석에

붙어있는 놀이터

제일 높은 놀이기구

그 위에 걸터앉아 내려다보니

서로 서로를 얼싸안고 있는

수많은 모래알들,

서로 비벼대는 모습으로

생겨나는

그 반짝거림이

마치 별빛 같고

고개를 들어 하늘을 보니

모래 알 만큼이나 많은

별들이

밝은 빛을 발하며

이 밤에 불어대는 바람에

이리 저리 춤을 춘다.

내가 있는 곳은 이런데

당신 있는 곳은 어떠할까?

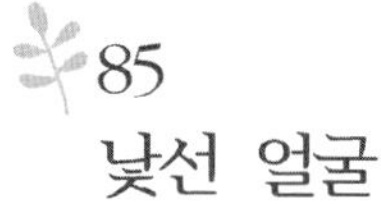

85
낯선 얼굴

한참 동안

거울을 들여다보고

가슴 언저리에

새겨진

낯선 얼굴로부터

첫날밤을 기다리는

새색시 마냥

홍조 가득 머금고

뒷걸음질 쳤다.

나 아닌 또 다른 사람

가슴 언저리에

새겨진

그 얼굴을

초롱불이 꺼지기만을

기다리며 고개 떨구는

새색시의 초조함으로

바라보다
아하,
바로 너구나
바로 네가
내 가슴속에 너의 얼굴을
새겨 넣었구나.

어떻게 해서
거울 앞에 선
나는 없고
너의 얼굴만 보이게 되었는지
알 수 없는 일이지만
족두리를
벗겨주는 신랑 앞에서
상기된 마음으로 돌아앉는
새색시 마냥
난 그저
나를 더듬는 너의 부드러움에
눈을 감고 말았다.

너의 얼굴뿐만 아니라
너의 온몸을 보기 위해
이 거울 앞에 서있는

나는 지금

신랑 품에 안겨

첫날밤을 보낸

새색시가

처음으로 맞이하는 아침과 같은

마음이다.

너를 그리워하다 그만,

지울 수 없도록 깊이

너를

내 가슴속에 새겨 넣어

거울 앞에 선

나는 지금

너를 보고 있다.

가장 행복한 순간이다.

# 86
괜히 이런 마음으로

이거 참,
괜한 소리에
놀라기도 곧잘 하는
소녀의 마음을 마구
간질이는 것은 아닌지.

겨울 가는 뒷모습을 보고
그렇게 시원해하던
처녀들의 우물가 담소에
슬그머니 멋쩍어 하는
총각의 모습은
오래 전에
해를 넘겼음에도
왜 이렇게 쑥스러울까 몰라.

간밤
달님의 기침 소리에

콩콩거리는 가슴을 부둥켜안고
얼른 일어나
옷가지를 추스려 입는
몸종 마냥
왜 이렇게 떨리기만 할까.

안 되겠거니
먼 산 쳐다보고
담배연기만 뿜어대며
아기씨 방문 앞에서 서성거리던
그 늙은 하인 놈의 짚신조각을
집어 들고
담 넘어 던지며
올해는
제발 장가보내달라고
소원을 비는
그 하인 놈의 마음만 달랑 차고
이렇게
염치를 불구해도 괜찮을까 몰라.

## 87

성금요일, 당신

돌아가신 님의
이름 석 자를 가슴에 안고
쉽게 지나쳐 버릴 수 없는
시선들을 의식하며
한산한 거리를 걷습니다.

가다가다
마주치는 님의 모습에
돌아가신 당신의
포근했던 그 깊은 가슴 속에
묻혀보고 싶습니다.

거리에는
술렁거림
당신의 죽음은
아무 생각도 없이
바람 따라 이리저리

그대로 내 사념에 파묻힙니다.

돌아갈 길을 잊은 채

오늘 당신이 가신

걸음걸음에

진달래조차 뿌릴 수 없는

이별의 아픔을 느끼시는지요.

차라리 그 시인의 마음으로

당신을 마주 대할 수만 있다면

나에게는 큰 위안이 될 것이지만

시인의 글은 혹시 몰라도

그의 마음만은 내 것으로

삼을 수 없어

이렇게

이렇게

걷습니다.

걷다 보면 만나게 될

우연을 기다리며……

어디 계신가요

이름 석 자 남겨놓고 가버린

당신의 그곳으로

내 사랑을 옮겨놓습니다.

힘겨운 삶

당신이라도 있으면
한결 나을 것이지만
당신은 너무 먼 곳
저 곳에서
나를 바라보고만 있습니다.

술 취한 사람들이 내놓은
토사물 속에서
당신의 외침을 듣습니다.
"어찌하여 나를 버리셨나이까?"
정신을 놓고
사랑에 취한 그들 한 가운데
어디에서도
당신의 이름을 찾을 수 없습니다.

어디 계신가요
당신이 살아 계신 곳으로
얼른
얼른이라도
달려가고 싶기만 합니다.
어딘가에 심어놓았을
당신 이름 석 자
그곳에 맺혀질 열매만을 기다릴까요.

어디 계신가요

당신은

오늘도

나를 잠들게 하지 않습니다.

88
그림자 속에서 빛나는 태양

오늘이라는 시간은

내 마음을 늘

뛰놀게 합니다.

넓은 운동장

시간 가는 줄도 모르고

맴돌다

누나가 부르는

이름을 듣고서야

비로소

하루가 다 간 줄 알던

어린 시절.

오늘 아침

떠오르는 태양을 바라보며

그날을 떠올리면서도

어딘가에

숨어 있어

미소 지을

당신을 기억합니다.

오늘이라는 시간은
그렇게 당신을
추억할 수 있는 날이기에
내 마음은 늘
그림자를 바라봅니다.
그 속에서
빛나는 빛을 보기 위해
숨어 오시는
당신을 보기 위해.

## 89

눈 속에 파묻힌 소망

그렇게 힘들었던 시간들도
악몽 같던 사건들도
밤새 내린 눈에 덮여
보이질 않습니다
눈이 녹을 때쯤엔
묻힌 고통도 함께 사라지겠지요
내가 바라는 것이 있다면
오직 그것뿐입니다.

세상을 잃었다 해도
당신을 얻는다면
의미가 있지만
천하를 얻어도
당신을 잃으면
아무 의미가 없습니다.
당신의 말씀은
내 가슴속에 여전히 살아있고

당신의 마음은

내 영혼의 양식입니다

모든 것들을 믿고 또 믿기에

단지 고통의 시간만이

속히 흘러가길

간절히

간절히

바라고 또 바라고 있습니다.

눈이 녹아

봄이 새신을 신고 나올 때,

그때를 기다리며

오늘 난 숨을 죽이며 엎드릴 것입니다.

친구가 내게 보낸 편지 가운데서

있음으로 해서 뜻있는 꽃이다

약함으로 해서 살아남는 꽃이다

무리이기에 하나가 돋보이는 꽃이다

불완전하기에 오히려 인정이 있는 꽃이다

고통을 더 큰 고통으로 극복할 줄 아는 꽃이다

겸손하기에 적이 없고

고독으로 스스로의 무게를 삼는 꽃이다

아침 햇살로 눈물을 닦고

저녁노을로 감사의 표정을 짓는 꽃이다

어디에나 있어

진실한 이의 가슴에만 뿌리내리는 꽃이다

최성수

그 녀석을 닮은 못난 꽃이다 코스모스는……

🌱 에필로그

바람

내 비록 가난해도
그대를 사랑하기에
궁핍하지 않으며,
비록 내 한 몸 가누기에
힘이 들어도
가슴속 깊은 곳에
그대 간직하기에
결코
나약하지 않으며,
홀로 우뚝 서
뭇 시선을 모을 재능은 없다 해도
내
그대를 나의 영웅으로 추대하기에
비굴하지 않으며,
마음으로만 불러보는 나의 노래가

비록 유치하다 해도
그대의 피곤을 잠재우기에
결코 부족하지 않습니다.
다만
내 하고 싶은 말은
한 몸 흙이 되어
당신의 걸음걸음을
떠받들고 싶을 뿐입니다.

최성수 ——————————————————————————

서강대학교 철학과(B.A.), Rheinische Friedrich-Wilhelms-Universitaet Bonn 신학석사
(Mag. theol.), 신학박사(Dr. theol.), 호남신학대학교 신대원 졸업(M. Div.).
현재 장로회신학대 · 대전신학대 · 서울기독대학교 등에 출강하고 있다.
저자는 조직신학자와 영화평론가로서, 그리고 프리랜서로서 여러 기독교 잡지에 기독
교 문화와 영화에 대한 글을 기고하고 있다. 기독교적 영화비평을 활성화하는 데 크게
기여했으며, 국내의 여러 대학에서 대중문화와 영화에 대한 강의와 강연을 하고 있다.
또한 교사교육을 위한 강사로 전국적으로 활동하고 있다. 기독교 문화 및 영화와 기독
교의 관계에 대한 다양한 형태의 글쓰기와 전국의 교회를 순회하며 강연하면서 한국
기독교 문화의 발전과 부흥을 위해 헌신적인 노력을 기울이고 있다.

『Koreanisches Christentum in der Begegnung mit einheimischen Religionen』(1999)
『신학과 목회, 그 뗄 수 없는 관계』(2001)
『영화관에서 만나는 하나님』(2005)
『영화 속 장애인 이야기』(2006)
『영화 속 기독교』(2007)
『계명은 복음이다』(2008)
『제3의 설교론-영상시대에 필요한 설교론』(2008)
『볼프하르트 판넨베르크 신학연구』(2007)
『지혜는 섬기는 자를 위한 선물』(2009)
『소명은 계시사건이다』(2009)
『제자의 역할』(2009)
『대중문화 영성과 기독교 영성』(2010)
『영화를 통한 성찰과 인식 그리고 +α』(2011)
외 다수의 역서와 논문들이 있다.

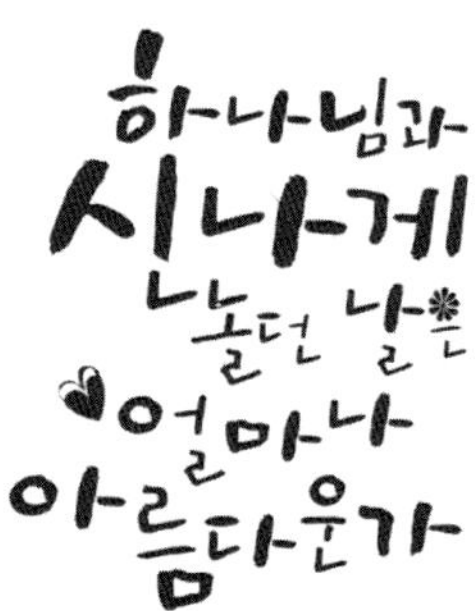

초판인쇄 | 2012년 6월 29일
초판발행 | 2012년 6월 29일

지 은 이 | 최성수
펴 낸 이 | 채종준
펴 낸 곳 | 한국학술정보㈜
주   소 | 경기도 파주시 문발동 파주출판문화정보산업단지 513-5
전   화 | 031) 908-3181(대표)
팩   스 | 031) 908-3189
홈페이지 | http://ebook.kstudy.com
E-mail | 출판사업부 publish@kstudy.com
등   록 | 제일산-115호(2000. 6. 19)

ISBN   978-89-268-3490-9 03810 (Paper Book)
          978-89-268-3491-6 08810 (e-Book)